Documents manquants (pages, cahiers...)
NF Z 43-120-13

Début d'une série de documents
en couleur

(TYPOGRAPHIE)

DE LA PAGE 1
A LA PAGE 48

Les Femmes
d'Artistes
Œuvres Complètes
d'Alphonse
Daudet
N° 178
Les Femmes d'Artistes 3
10 Cmes
A. Fayard. Editeur. Paris
8° Y² 52514

TOUTE UNE BIBLIOTHÈQUE POUR 18f 90

AU LIEU DE 91 FRANCS

LES ŒUVRES COMPLÈTES D'ALPHONSE DAUDET

EN FASCICULES DE LUXE A 10 CENTIMES

Grâce à cette édition, les livres merveilleux de vie,
d'esprit et de sentiment
de ce maître universellement
connu, vont pouvoir
être lus, relus et collectionnés
à loisir par tous.

10 cent.
LE FASCICULE
(24 pages sous couverture)
DEUX PAR SEMAINE

10 cent.
LE FASCICULE
(24 pages sous couverture)
DEUX PAR SEMAINE

Sapho, complet en 7 fasc. à 10 c.
Les Lettres de mon Moulin, en 6 fasc. à 10 c.
Fromont jeune et Risler aîné, en 11 fasc. à 10 c.
Tartarin de Tarascon, en 4 fasc. à 10 c. — Jack, en 19 fasc. à 10 c.
Les Contes du Lundi, en 8 fascicules à 10 c.
Le Petit Chose, en 10 fasc. à 10 c. — Le Nabab, en 16 fasc. à 10 c.
Tartarin sur les Alpes, en 6 fascicules à 10 c.
Robert Helmont, en 3 fles à 10 c. — Numa Roumestan, en 10 fles à 10 c.
Les Rois en exil, en 11 fascicules à 10 c.
Port-Tarascon, en 6 fasc. à 10 c. — Rose et Ninette, en 4 fasc. à 10 c.
L'Immortel, en 7 fascicules à 10 c.
Trente ans de Paris, en 6 fles à 10 c. — L'Évangéliste, en 8 fles à 10 c.
La Petite Paroisse, en 10 fascicules à 10 c.
Souvenirs d'un Homme de lettres, en 4 fascicules à 10 c.
Les Femmes d'artistes, en 3 fascicules à 10 c.
La Belle Nivernaise, en 3 fascicules à 10 c.
Entre les Frises et la Rampe, en 2 fascicules à 10 c.
Le Trésor d'Arlatan, en 2 fascicules à 10 c.
Soutien de Famille, en 12 fascicules à 10 c.
Les Amoureuses, en 7 fascicules à 10 c.
La Fédor, en 3 fascicules à 10 c.

Cette édition étant absolument nouvelle, les ouvrages ne pourront être fournis qu'au fur et à mesure de leur publication.

ABONNEMENT POUR 20 FASCICULES : 3 FRANCS

ARTHÈME FAYARD, Éditeur, 78, Boulevard Saint-Michel, PARIS

PARIS. — IMP. MICHELS FILS.

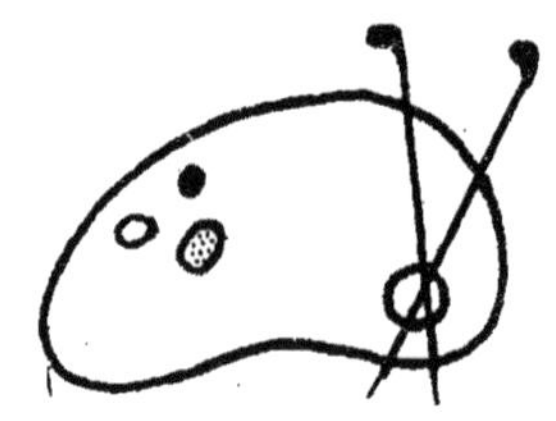

Fin d'une série de documents
en couleur

(TYPOGRAPHIE)

presser... la la la... la la lère... je ne conclurai rien avant que les portes de Paris soient rouvertes... Tra la la... et que j'aie pu prendre mes renseignements... la la la... »

Ainsi pensait le premier avoué dansant; et, en effet, sitôt Paris débloqué, il se renseigna sur la famille, et le mariage fut manqué.

Depuis, les pauvres petites en ont manqué bien d'autres. Mais cela n'a troublé en rien la gaieté de ce singulier ménage. Au contraire, plus ils vont, plus ils sont joyeux. L'hiver dernier, ils ont déménagé trois fois, on les a vendus une, et ils ont tout de même donné deux grands bals travestis.

VIII

FRAGMENT D'UNE LETTRE DE FEMME TROUVÉE RUE NOTRE-DAME-DES-CHAMPS

« ... M'EN a coûté pour avoir épousé un artiste. Ah! ma chérie, si j'avais su!... mais les jeunes filles se font sur toutes choses de si singulières idées. Figure-toi qu'à l'Exposition, quand je voyais sur le livret ces adresses lointaines de rues calmes, à l'extrême bout de Paris, je m'imaginais des vies paisibles, sédentaires, toutes au travail et à la famille, et je me disais, sentant d'avance combien je serais jalouse : « Voilà comme je veux un mari. Il sera toujours avec moi. Nous passerons toutes nos journées ensemble, lui à son tableau ou à sa sculpture, moi lisant, cousant à ses côtés dans le jour recueilli de l'atelier. » Pauvre innocente, va! Je ne me doutais pas alors de ce que c'était qu'un atelier, ni du singulier monde qu'on y rencontre. Jamais, en regardant ces statues de déesses si effrontément décolletées, l'idée ne me serait venue qu'il y avait des femmes assez osées pour... Et que moi-même je... Sans cela je te prie de croire que je n'aurais pas épousé un sculpteur. Ah! mais non, par exemple... Je dois dire qu'à la maison ils étaient tous contre ce mariage, malgré la fortune de mon mari, son nom déjà célèbre, le bel hôtel qu'il faisait bâtir pour nous deux. C'est moi seule qui l'ai voulu. Il était si élégant, si charmant, si empressé. Je trouvais pourtant qu'il se mêlait un peu trop de ma toilette, de mes coiffures : « Relevez donc vos cheveux comme ceci, là... » et monsieur s'amusait à placer une fleur tout au milieu de mes boucles avec bien plus d'art que n'importe laquelle de nos modistes. Tant d'expérience chez un homme, c'était effrayant, n'est-ce pas ? J'aurais dû me méfier... Enfin tu vas voir. Écoute.

Nous revenions de notre voyage de noces. Pendant que je m'installais dans mon joli appartement si bien meublé, tout ce paradis que tu connais, mon mari sitôt arrivé s'était mis au travail et passait ses journées à son atelier, en dehors de l'hôtel. Le soir, en rentrant, il me parlait avec fièvre de son exposition prochaine. Le sujet était une « dame romaine sortant du bain. » Il voulait faire rendre au marbre ce petit frisson de la peau au contact de l'air, la mouillure des fins tissus plaquant sur les épaules, et toutes sortes d'autres belles choses que je ne me rappelle plus. Entre nous, quand il me parle de sa sculpture, je ne comprends pas toujours très bien. Tout de même, je disais de confiance : « Ce sera très joli... » et je me voyais déjà sur le sable fin des allées, admirant l'œuvre de mon mari, un beau marbre tout blanc sur la tenture verte, pendant qu'on murmurait derrière moi : « La femme de l'auteur... »

Enfin, un jour, curieuse de voir où nous en étions de notre dame romaine, j'eus l'idée d'aller le surprendre à son atelier, que je ne connaissais pas encore. C'était une de mes premières sorties toute seule, et je m'étais faite belle, dame !... En arrivant, je trouvai la porte du petit jardin au rez-de-chaussée, grande ouverte. J'entrai donc tout droit, et, juge de mon indignation quand j'aperçus mon mari, en blouse blanche comme un maçon, mal peigné, les mains sales de terre, ayant en face de lui une femme, ma chère, une grande créature debout sur un tréteau, presque pas vêtue, et l'air tranquille dans cette tenue, comme si elle l'avait trouvée parfaitement naturelle. Toute une vilaine défroque remplie de boue, des bottines de course, un chapeau rond avec une plume défrisée, était jetée à côté d'elle, sur une chaise. J'ai vu tout cela très vite, car tu comprends si je me suis sauvée. Etienne voulait me parler, me retenir, mais j'eus un geste d'horreur pour ses mains pleines de glaise, et je courus chez maman, où j'arrivai à peine vivante. Tu vois mon entrée d'ici :

« Ah! mon Dieu, mon enfant, qu'est-ce que tu as? »

Je raconte à maman ce que je viens de voir, comment était cette affreuse femme, dans quel costume. Et je pleurais, je pleurais... Ma mère, très émue, essaye de me consoler, m'explique que ce devait être un modèle.

« Comment!... mais c'est abominable... On ne m'avait pas parlé de ça, avant de me marier!... »

Là-dessus voilà Étienne qui arrive tout effaré, et tâche à son tour de me faire comprendre qu'un modèle n'est pas une femme comme une autre, et que, d'ailleurs, les sculpteurs ne peuvent pas s'en passer; mais ces raisons ne me persuadent guère, et je déclare formellement que je ne veux plus d'un mari qui passe ses journées en tête à tête avec des demoiselles dans cette tenue-là.

« Voyons, mon ami, dit alors cette pauvre maman qui s'efforce de tout arranger, est-ce que, par convenance pour votre femme, vous ne pourriez pas remplacer cela par un semblant, un cartonnage? »

Mon mari mordait sa moustache avec fureur : « Mais c'est impossible, ma chère maman.

— Pourtant, mon cher, il me semble... Tenez, nos modistes ont des têtes en carton qui leur servent à monter les bonnets... Eh bien, ce qu'on fait pour la tête, ne pourrait-on pas le faire pour...? »

Il paraît que ce n'était pas possible. C'est du moins ce qu'Étienne essaya de nous démontrer longuement, avec toutes sortes de détails, de mots techniques. Il avait vraiment l'air très malheureux. Je le regardais du coin de l'œil tout en essuyant mes larmes, et je voyais bien que mon chagrin l'affligeait beaucoup. Enfin, après une interminable discussion, il fut convenu que, puisque le modèle était indispensable, toutes les fois qu'elle viendrait, je serais là. Il y avait justement, à côté de l'atelier, un petit débarras très commode, d'où je pourrais voir sans être vue. — C'est honteux, diras-tu, d'être jalouse d'espèces pareilles et de montrer sa jalousie. Mais, vois-tu, ma biche, il faut avoir passé par ces émotions-là pour pouvoir en parler.

Le lendemain, le modèle devait venir. Je prends donc mon courage à deux mains et je m'installe dans ma logette, avec la condition expresse qu'au moindre coup frappé à la cloison mon mari viendrait vite vers moi. A peine étais-je enfermée, le vilain modèle de l'autre jour arrive, attifée Dieu sait comme, avec une tournure si misérable que je me demandais comment j'avais pu être jalouse d'une femme qui s'en va dans la rue sans manchettes blanches aux poignets, avec un vieux châle à franges vertes. Eh bien, ma chère, quand j'ai vu cette créature jeter son châle, sa robe au milieu de l'atelier, se défaire avec cette aisance, cette impudeur, cela m'a fait un effet que je ne peux pas te dire. La colère m'étouffait... Vite je frappe à la cloison... Etienne arrive. Je tremblais, j'étais pâle. Il se moque de moi, me rassure tout doucement, et s'en retourne à son travail... Maintenant la femme était debout, à demi nue, ses grands cheveux dénoués et tombant dans le dos avec une lourdeur lisse. Ce n'était plus la créature de tout à l'heure, mais presque une statue déjà, malgré sa mine fatiguée et commune. J'avais le cœur serré. Cependant je ne dis rien. Tout à coup, j'entends mon mari qui crie : « La jambe gauche... avancez la jambe gauche. » Et, comme le modèle ne comprenait pas bien, il s'approcha d'elle, et... Ah ! pour le coup, je n'y tiens plus. Je tape. Il ne m'entend pas. Je tape encore, je tape avec fureur. Cette fois il accourt, le sourcil un peu froncé, dans la fièvre du travail.

« Voyons, Armande... soyez donc raisonnable!... » Et moi, tout en larmes, j'appuyais la tête sur son épaule : « C'est plus fort que moi, mon ami... Je ne peux pas... Je ne peux pas... » Alors, brusquement, sans me répondre, il passa dans l'atelier et fit un signe à cette horreur de femme qui s'habilla et partit.

Pendant quelques jours, Etienne ne retourna pas à son atelier. Il restait près de moi, ne sortait plus, refusait même de voir ses amis, toujours très bon d'ailleurs, mais l'air si triste. Une fois je lui demandai bien timidement : « Vous ne travaillez donc plus? » ce qui me valut cette réponse : « On ne travaille pas sans modèle. » Je n'eus pas le courage d'insister, car je sentais combien j'étais coupable, et qu'il avait le droit de m'en vouloir. Pourtant, à force de tendresses, de gentillesses, j'obtins de lui qu'il retournerait à son atelier et qu'il essayerait de finir sa statue, de... Comment donc disent-ils ça?... de chic, c'està-dire d'imagination : bref, le procédé de maman. Moi, je trouvais cela très faisable ; mais le pauvre garçon avait bien du mal. Tous les soirs, il rentrait crispé, découragé, presque malade. Pour le remonter, j'allais le voir souvent. Je disais toujours : C'est charmant. Mais le fait est que la statue n'avançait guère. Je ne sais pas même s'il y travaillait. Quand j'arrivais, je le trouvais toujours en train de fumer sur son divan, ou bien roulant des boulettes d'argile qu'il envoyait rageusement contre le mur.

Une après-midi que j'étais là à regarder cette pauvre dame romaine, ébauchée à demi, si longue à sortir de son bain, une idée fantasque me traversa l'esprit. La Romaine était à peu près de ma taille, peut-être qu'à la rigueur je pourrais...

« Qu'est-ce qu'on appelle une jolie jambe ? » demandai-je tout à coup à mon mari.

Il m'expliqua cela très au long, en me montrant ce qui manquait encore à sa statue et qu'il ne pouvait pas parvenir à lui donner sans un modèle... Pauvre garçon ! Il avait l'air si navré en disant cela... Sais-tu ce que j'ai fait... Ma foi, tant pis, j'ai ramassé bravement la draperie qui traînait dans un coin, je suis allée dans ma logette ; puis, tout doucement, sans rien dire, pendant qu'il regardait encore sa statue, je suis venue me mettre sur l'estrade en face de lui, dans le costume et l'attitude où j'avais vu cet affreux modèle... Ah ! ma chérie, quelle émotion quand il a relevé la tête ! J'avais envie de rire et de pleurer. J'étais rouge... Et cette maudite mousseline qu'il fallait rajuster de tous les côtés... C'est égal ! Etienne avait l'air si ravi que cela m'a rassuré bien vite. Figure-toi, ma chère, qu'à l'entendre...

IX

LA VEUVE D'UN GRAND HOMME

Quand on apprit qu'elle se remariait, cela n'étonna personne. Malgré tout son génie, peut-être même à cause de son génie, le grand homme lui avait fait quinze ans d'une vie très dure, traversée de caprices, de fantaisies éclatantes dont Paris s'était quelquefois occupé. Sur la grande route de gloire qu'il avait parcourue triomphalement et à toute vitesse, comme ceux qui doivent mourir jeunes, elle l'avait suivi, humble et craintive, assise dans un coin du char, s'attendant toujours à des choses. Quand elle se plaignait, parents, amis, tout le monde était contre elle : « Respectez ses faiblesses, lui disait-on, ce sont les faiblesses d'un dieu Ne le troublez pas, ne le dérangez pas. Songez que votre mari n'est pas à vous seulement. Il appartient bien plus au pays, à l'art, qu'à la famille... Et qui sait, si chacune de ces fautes que vous lui reprochez ne nous a pas valu des œuvres sublimes ?... A la fin pourtant, lassée de tant de patience, elle eut des révoltes, des indignations, des injustices, si bien qu'au moment où le grand homme mourut, ils étaient prêts à plaider en séparation et à traîner leur beau nom célèbre à la troisième page des journaux à scandale.

Après les agitations de cette union malheureuse, les inquiétudes de la dernière maladie, et le coup subit de la mort qui avait réveillé pour un moment l'affection primitive, les premiers mois de son veuvage firent à la jeune femme l'effet salutaire, reposant, d'une saison de bain. La retraite forcée, le charme tranquille de la douleur apaisée lui donnèrent à trente-cinq ans une seconde jeunesse presque aussi séduisante que la première. D'ailleurs le noir lui allait bien ; puis elle avait la contenance responsable, un peu fière, d'une femme restée seule dans la vie avec tout l'honneur d'un grand nom à porter. Très soigneuse de la gloire du défunt, cette gloire maudite qui lui avait coûté tant de larmes et qui maintenant grandissait de jour en jour comme une fleur splendide nourrie par la terre noire du tombeau, on la voyait entourée de ses longs voiles sombres, apparaître chez les directeurs de théâtres, chez les éditeurs, s'occupant de faire reprendre les opéras de son mari, surveillant l'impression des œuvres posthumes, des manuscrits inachevés, apportant à tous ces détails une espèce de soin solennel et comme un respect de sanctuaire.

C'est à ce moment que son second mari la rencontra. Il était musicien lui aussi, à peu près inconnu, auteur de valses, de mélodies et de deux petits opéras dont les partitions, délicieusement imprimées, ne s'étaient guère plus jouées que vendues. Avec une figure aimable, une belle fortune qu'il tenait d'une famille excessivement bourgeoise, il avait par-dessus tout le respect suprême du génie, la curiosité des hommes célèbres et la naïveté enthousiaste des artistes encore jeunes. Aussi, quand on lui montra la femme du maître, il en eût un éblouissement. C'était comme l'image même de la muse glorieuse qui lui apparaissait. Tout de suite il fut amoureux, et la veuve commençant déjà à revoir un peu le monde, il se fit présenter chez elle. Là, sa passion s'accrut de l'atmosphère de génie qui flottait encore dans tous les coins du salon. C'était le buste du maître, le piano où il composait, ses partitions étalées sur tous les meubles, mélodieuses même à regarder, comme si de leurs feuillets entr'ouverts les phrases écrites résonnaient musicalement... Le charme très réel de la veuve, fixée dans ce souvenir austère comme dans un cadre qui lui allait bien, acheva de le rendre éperdu d'amour.

Après avoir hésité longtemps, le brave garçon finit par se déclarer, mais dans des termes si humbles, si timides... « Il savait combien il était peu de chose pour elle. Il comprenait tout le regret qu'elle pourrait avoir à échanger son nom illustre contre le sien, inconnu et chétif... » Et mille autres naïvetés de ce genre. Pensez qu'au fond du cœur la dame était très flattée de sa conquête, mais elle joua la comédie du cœur brisé, et prit les airs dédaigneux, blasés, de la femme dont la vie est finie sans espoir de recommencement. Elle, qui n'avait jamais été si tranquille que depuis la mort de son grand homme, trouva encore des larmes pour le regretter, une ardeur enthousiaste à parler de lui. Cela, bien entendu, ne fit qu'exalter son jeune adorateur, le rendre plus éloquent, plus persuasif.

Bref ce veuvage sévère se termina par un mariage; mais la veuve n'abdiqua pas, et resta — quoique mariée — plus veuve de grand homme que jamais, comprenant bien qu'aux yeux du second mari c'était là son vrai prestige. Comme elle se sentait moins jeune que lui, pour l'empêcher de s'en apercevoir elle l'accabla de son dédain, d'une espèce de pitié vague, d'un regret de mésalliance inexprimé et blessant. Mais lui ne s'en blessait pas, au contraire. Il était si convaincu de son infériorité et trouvait si naturel que le souvenir d'un pareil homme se fût installé despotiquement dans un cœur! Pour l'entretenir dans cette humilité d'attitude, elle relisait quelquefois avec lui les lettres que le maître lui écrivait quand il lui faisait la cour. Ce retour au passé la rajeunissait de quinze ans, lui donnait l'assurance de la femme belle, aimée, regardée à travers tous les dithyrambes amoureux, l'exagération charmante de la passion écrite. Si elle avait changé depuis, son jeune mari s'en inquiétait peu, l'adorait sur la foi d'un autre, en tirait je ne sais quelle vanité singulière. Il lui semblait que ces supplications passionnées s'ajoutaient aux siennes, et qu'il héritait de tout un passé d'amour.

Étrange couple ! C'est dans le monde qu'ils étaient curieux à voir. Je les apercevais quelquefois au théâtre. Personne n'aurait reconnu la jeune femme craintive, un peu timide, qui accompagnait jadis le *maëstro*, perdu dans l'ombre gigantesque qu'il faisait autour de lui. Maintenant, droite au bord de la loge, elle se montrait, attirait tous les regards à l'orgueil du sien. On eût dit qu'elle avait sur la tête l'auréole de son premier mari, dont le nom résonnait autour d'elle comme un hommage ou un reproche. L'autre, assis un peu en arrière, avec la physionomie empressée des sacrifiés de la vie, observait tous ses mouvements, attentif à la servir.

Dans leur intérieur, cette bizarrerie d'allure était encore plus marquée. Je me souviens d'une soirée qu'ils donnèrent un an après leur mariage. Le mari circulait dans la foule de ses invités, fier et un peu embarrassé de réunir chez lui tant de monde. La femme, dédaigneuse, mélancolique, supérieure, était ce soir-là veuve de grand homme comme il n'est pas possible de l'être plus. Elle avait une certaine façon de regarder son mari par-dessus l'épaule, de l'appeler « mon pauvre ami » en l'accablant des corvées de réception, d'un air de dire : « Vous n'êtes bon qu'à ça. » Autour d'elle se tenait le cercle des intimes d'autrefois, de ceux qui avaient assisté aux éclatants débuts du maître, à ses luttes, à ses succès. Avec eux elle minaudait, faisait la petite fille. Ils l'avaient connue si jeune ! Presque tous l'appelaient « Anaïs » de son petit nom. C'était comme un cénacle, dont le pauvre mari s'approchait respectueusement pour entendre parler de son prédécesseur. On se rappelait les *premières* glorieuses, ces soirs de batailles presque toutes gagnées, puis les manies du grand homme, ses façons de travailler quand, pour amener l'inspiration, il voulait que sa femme fût à côté de lui, parée, décolletée... « Vous rappelez-vous, Anaïs ? » Et Anaïs soupirait, rougissait...

De ce temps-là dataient ses belles pièces amoureuses, *Savo-*

narole surtout, la plus passionnée de toutes, avec son grand duo traversé de clairs de lune, de parfums de rose et de trilles de rossignols. Un enthousiaste le joua au piano, au milieu de l'émotion recueillie. A la dernière note de cet admirable morceau, la dame fondit en larmes. « C'est plus fort que moi, disait-elle. Je n'ai jamais pu l'entendre sans pleurer. » Les vieux amis du maître, entourant sa malheureuse veuve de leurs sympathiques condoléances, venaient à tour de rôle, comme aux cérémonies funèbres, lui donner une poignée de main vibrante.

« Allons, allons, Anaïs, du courage. »

Et le plus drôle, c'est que le second mari, debout à côté de sa femme, l'air ému, pénétré, distribuait des poignées de main, lui aussi, et prenait sa part de condoléances.

« Quel génie! quel génie! » disait-il en s'épongeant les yeux. C'était à la fois comique et attendrissant.

X

LA MENTEUSE

Je n'ai aimé qu'une femme dans ma vie, nous disait un jour le peintre D... J'ai passé avec elle cinq ans de parfait bonheur, de joies tranquilles et fécondes. Je peux dire que je lui dois ma célébrité d'aujourd'hui, tellement à ses côtés le travail m'était facile, l'inspiration naturelle. Dès que je l'eus rencontrée, il me sembla qu'elle était mienne depuis toujours. Sa beauté, son caractère répondaient à tous mes rêves. Cette femme ne m'a jamais quitté; elle est morte chez moi, dans mes bras, en m'aimant... Eh bien, quand je pense à elle, c'est avec colère. Si je cherche à me la représenter telle que je l'ai vue pendant cinq ans, dans tout le rayonnement de l'amour, avec sa grande taille pliante, sa pâleur dorée, ses traits de juive d'Orient, réguliers et fins dans la bouffissure légère du visage, son parler lent, velouté comme son regard, si je cherche à donner un corps à cette vision délicieuse, c'est pour mieux lui dire : « Je te hais!... »

Elle s'appelait Clotilde. Dans la maison amie où nous

nous étions rencontrés, on la connaissait sous le nom de Mme Deloche, et on la disait veuve d'un capitaine au long cours. En effet, elle paraissait avoir beaucoup voyagé. En causant, il lui arrivait de dire tout à coup : Quand j'étais à Tampico... ou bien : une fois dans la rade de Valparaiso... A part cela, rien dans son allure, dans son langage, ne sentait la vie nomade, rien ne trahissait le désordre, la précipitation des prompts départs et des brusques arrivées. Elle était Parisienne, s'habillait avec un goût parfait, sans aucuns de ces burnous, de ces *sarapés* excentriques qui font reconnaître les femmes d'officiers et de marins perpétuellement en tenue de voyage.

Quand je sus que je l'aimais, ma première, ma seule idée fut de la demander en mariage. Quelqu'un lui parla pour moi. Elle répondit simplement qu'elle ne se remarierait jamais. J'évitai dès lors de la revoir; et comme ma pensée était trop atteinte, trop occupée pour me permettre le moindre travail, je résolus de voyager. Je faisais mes préparatifs de départ lorsque, un matin, dans mon appartement même, parmi l'encombrement des meubles ouverts et des malles éparses, je vis à ma grande stupeur entrer Mme Deloche.

« Pourquoi partez-vous? me dit-elle doucement... Parce que vous m'aimez? Moi aussi, je vous aime... Seulement (ici sa voix trembla un peu) seulement, je suis mariée. » Et elle me raconta son histoire.

Tout un roman d'amour et d'abandon. Son mari buvait, la frappait. Ils s'étaient séparés au bout de trois ans. Sa famille, dont elle semblait très fière, occupait une haute situation à Paris, mais depuis son mariage on ne voulait plus la recevoir. Elle était nièce du grand rabbin. Sa sœur, veuve d'un officier supérieur, avait épousé en secondes noces le garde général de la forêt de Saint-Germain. Quant à elle, ruinée par son mari, elle avait heureusement gardé d'une éducation première complète et très soignée des talents dont elle se faisait une ressource. Elle donnait des leçons de piano dans des maisons riches, Chaussée d'Antin, faubourg Saint-Honoré, et gagnait largement sa vie...

L'histoire était touchante, mais un peu longue, pleine de ces jolies redites, de ces incidents interminables qui embroussaillent les discours féminins. Aussi mit-elle plusieurs jours à me la raconter. J'avais loué, avenue de l'Impératrice, entre des rues silencieuses et des pelouses tranquilles, une petite maison pour nous deux. J'aurais passé là un an à l'écouter, à la regarder, sans songer au travail. Ce fut elle la première qui me renvoya à mon atelier, et je ne pus pas l'empêcher de reprendre ses leçons. Cette dignité de sa vie, dont elle avait souci, me touchait beaucoup. J'admirais cette âme fière, tout en me sentant un peu humilié devant sa volonté formelle de ne rien devoir qu'à son travail. Toute la journée nous étions donc séparés, et réunis seulement le soir à la petite maison.

Avec quel bonheur je rentrais chez nous, si impatient lorsqu'elle tardait à venir et si joyeux quand je la trouvais là avant moi! De ses courses dans Paris elle me rapportait des bouquets, des fleurs rares. Souvent je la forçais d'accepter quelques cadeaux, mais elle se disait en riant plus riche que moi, et le fait est que ses leçons devaient produire beaucoup, car elle s'habillait toujours avec une élégance chère, et le noir, dont elle se couvrait par une coquetterie de teint et de beauté, avait des mats de velours, des luisants de satin et de jais, des fouillis de dentelles soyeuses où l'œil étonné découvrait, sous une simplicité apparente, des mondes d'élégance féminine dans les mille reflets d'une couleur unique.

Du reste, son métier n'avait rien de pénible, disait-elle. Toutes ses élèves, des filles de banquiers, d'agents de change, l'adoraient, la respectaient; et plus d'une fois elle me montra un bracelet, une bague qu'on lui donnait en reconnaissance de ses soins. En dehors du travail, nous ne nous quittions jamais; nous n'allions nulle part. Seulement, le dimanche, elle partait pour Saint-Germain voir sa sœur, la femme du garde général, avec qui, depuis quelque temps, elle avait fait sa paix. Je l'accompagnais à la gare. Elle revenait le soir même, et souvent, dans les longs jours, nous nous donnions rendez-vous à une station du parcours, au bord de l'eau ou dans les bois. Elle me racontait sa visite, la bonne mine des enfants, l'air heureux du ménage. Cela me navrait pour elle, privée à jamais d'une vraie famille, et je redoublais de tendresse, afin de lui faire oublier cette position fausse, qui devait éprouver cruellement une âme de sa valeur.

Quel temps heureux de travail et de confiance! Je ne soupçonnais rien. Tout ce qu'elle disait avait l'air si vrai, si naturel. Je ne lui reprochais qu'une chose. Quelquefois, en me parlant des maisons où elle allait, des familles de ses élèves, il lui venait une abondance de détails supposés, d'intrigues imaginaires qu'elle inventait en dépit de tout. Si calme, elle voyait toujours le roman autour d'elle, et sa vie se passait en combinaisons dramatiques. Ces chimères troublaient mon bonheur. Moi qui aurais voulu m'éloigner du reste du monde pour vivre enfermé auprès d'elle, je la trouvais trop occupée de choses indifférentes. Mais je pouvais bien pardonner ce travers à une femme jeune et malheureuse, dont la vie avait été jusque-là un roman triste et sans dénouement probable.

Une seule fois, j'eus un soupçon, ou plutôt un pressentiment. Un dimanche soir, elle ne rentra pas coucher. J'étais au désespoir. Que faire? Aller à Saint-Germain? Je pouvais la compromettre. Pourtant, après une nuit affreuse, j'étais décidé à partir lorsqu'elle arriva toute pâle, toute troublée. Sa sœur était malade; elle avait dû rester pour la soigner. Je crus ce qu'elle me disait, sans me méfier de ce flux de paroles débordant à la moindre question, noyant toujours l'idée principale sous une foule de détails inutiles, l'heure de l'arrivée, un employé très impoli, un retard du train. Deux ou trois fois dans la même semaine, elle retourna coucher à Saint-Germain; ensuite, la maladie finie, elle reprit sa vie régulière et tranquille.

Malheureusement, quelque temps après, ce fut à son tour de tomber malade. Un jour, elle revint de ses leçons tremblante, mouillée, fiévreuse. Une fluxion de poitrine se déclara, grave tout de suite, et bientôt — me dit le médecin — irrémédiable. J'eus une douleur folle, immense. Puis je ne songeai plus qu'à lui rendre ses dernières heures plus douces. Cette famille qu'elle aimait tant, dont elle était si glorieuse, je la ramènerais à ce lit de mourante. Sans lui rien dire, j'écrivis d'abord à sa sœur, à Saint-Germain, et moi-même je courus chez son oncle, le grand rabbin. Je ne sais à quelle heure indue j'arrivai. Les grandes catastrophes bouleversent la vie jusqu'au fond, l'agitent dans ses moindres détails... Je crois que le brave rabbin était en train de dîner. Il vint tout effaré, me reçut dans l'antichambre. « Monsieur, lui dis-je, il y a des moments où toutes les haines doivent se taire... »

Sa figure respectable se tournait vers moi, très étonnée.

Je repris :

« Votre nièce va mourir.

— Ma nièce !... Mais je n'ai pas de nièce ; vous vous trompez.

— Oh ! je vous en prie, monsieur, oubliez ces sottes rancunes de famille... Je vous parle de Mme Deloche, la femme du capitaine...

— Je ne connais pas de Mme Deloche... Vous confondez mon enfant, je vous assure.

Et doucement, il me poussait vers la porte, me prenant pour un mystificateur ou pour un fou. Je devais avoir l'air bien étrange, en effet. Ce que j'apprenais était si inattendu, si terrible... Elle m'avait donc menti... Pourquoi ? Tout à coup une idée me vint. Je me fis conduire à l'adresse d'une de ses élèves dont elle me parlait toujours, la fille d'un banquier très connu.

Je demande au domestique : Mme Deloche ?

« Ce n'est pas ici.

— Oui, je sais bien... C'est une dame qui donne des leçons de piano à vos demoiselles.

— Nous n'avons pas de demoiselles chez nous, pas même de piano... Je ne sais pas ce que vous voulez dire. »

Et il me ferma la porte au nez avec humeur.

Je n'allai pas plus loin dans mes recherches. J'étais sûr de trouver partout la même réponse et le même désappointement. En rentrant à notre pauvre petite maison, on me remit une lettre timbrée de Saint-Germain. Je l'ouvris, sachant d'avance ce qu'elle renfermait. Le garde général lui non plus ne connaissait pas Mme Deloche. Il n'avait d'ailleurs ni femme ni enfant.

Ce fut le dernier coup. Ainsi pendant cinq ans chacune de ses paroles avait été un mensonge... Mille idées de jalousie me saisirent à la fois ; et follement, sans savoir ce que je faisais, j'entrai dans la chambre où elle était en train de mourir. Toutes les questions qui me tourmentaient tombèrent ensemble sur ce lit de douleur : « Qu'alliez-vous faire à Saint-Germain le dimanche ?... Chez qui passiez-vous vos journées ?... Où avez-vous couché cette nuit-là !... Allons, répondez-moi. » Et je me penchais sur elle, cherchant tout au fond de ses yeux encore fiers et beaux les réponses que j'attendais avec angoisse ; mais elle resta muette, impassible.

Je repris en tremblant de rage : « Vous ne donniez pas de leçons. J'ai été partout. Personne ne vous connaît... Alors, d'où venait cet argent, ces dentelles, ces bijoux ? » Elle me jeta un regard d'une tristesse horrible, et ce fut tout... Vraiment, j'aurais dû l'épargner, la laisser mourir en repos. Mais je l'avais trop aimée. La jalousie était plus forte que la pitié. Je continuai : « Tu m'as trompé pendant cinq ans. Tu m'as menti tous les jours, à toutes les heures... Tu connaissais toute ma vie, et moi je ne savais rien de la tienne. Rien, pas même ton nom. Car il n'est pas à toi, n'est-ce pas ce nom que tu portais... Oh ! la menteuse, la menteuse ! Dire qu'elle va mourir, et que je ne sais de quel nom l'appeler... Voyons, qui es-tu ? D'où viens-tu ? Qu'est-ce que tu es venue faire dans ma vie ?... Mais parle-moi donc ! Dis-moi quelque chose. »

Efforts perdus ! Au lieu de me répondre, elle tournait péniblement la tête vers la muraille, comme si elle avait craint que son dernier regard me livrât son secret... Et c'est ainsi qu'elle est morte, la malheureuse ! Morte en se dérobant, menteuse jusqu'au bout.

XI

LA COMTESSE IRMA

M. Charles d'Athis, homme de lettres, a l'honneur de vous faire part de la naissance de son fils Robert.

L'enfant se porte bien.

Tout le Paris lettré et artistique a reçu, il y a une dizaine d'années, ce petit billet de part sur papier satiné, aux armes des comtes d'Athis-Mons, dont le dernier, Charles d'Athis, avait su — si jeune encore — se faire un vrai renom de poète.

« ...L'enfant se porte bien. »

Et la mère ? Oh ! celle-là, la lettre n'en parlait pas. Tout le monde la connaissait trop. C'était la fille d'un vieux braconnier de Seine-et-Oise, un ancien modèle qu'on appelait

Irma Sallé, et dont le portrait avait traîné dans toutes les expositions, comme l'original dans tous les ateliers. Son front bas, sa lèvre relevée à l'antique, ce hasard d'un visage de paysanne ramené aux lignes primitives — une gardeuse de dindons avec des traits grecs — ce teint un peu hâlé des enfances en plein air, qui donne aux cheveux blonds des reflets de soie pâle, faisaient à cette drôlesse une espèce d'originalité sauvage que complétaient deux yeux d'un vert magnifique, enfoncés sous d'épais sourcils.

Une nuit, en sortant d'un bal de l'Opéra, d'Athis l'avait emmenée souper, et depuis deux ans le souper continuait. Mais, quoique Irma fût entrée complètement dans la vie du poète, ce billet de part insolent et aristocratique vous indique assez le peu de place qu'elle y tenait. En effet, dans ce ménage provisoire, la femme n'était guère plus qu'une intendante, apportant à gérer la maison du poète-gentilhomme l'âpreté de sa double nature de paysanne et de courtisane, et s'efforçant à n'importe quel prix, de se rendre indispensable. Trop rustique et trop sotte pour jamais rien comprendre au génie de d'Athis, à ces beaux vers raffinés et mondains qui faisaient de lui une sorte de Tennyson parisien, elle avait su pourtant se plier à tous ses dédains, à toutes ses exigences, comme si au fond de cette nature vulgaire il était resté un peu de l'admiration humiliée de la paysanne pour le noble, de la vassale pour son seigneur. La naissance de l'enfant ne fit qu'accentuer sa nullité dans la maison.

Quand la comtesse douairière d'Athis-Mons, la mère du poète, femme distinguée et du plus grand monde, apprit qu'il lui était né un petit-fils, un joli petit vicomte, bien et dûment reconnu par son auteur, elle eut l'envie de le voir et de l'embrasser. Certes, pour une ancienne lectrice de la reine Marie-Amélie, c'était dur de penser que l'héritier d'un si grand nom avait une mère pareille ; mais s'en tenant à la formule des petits billets de part, la vieille dame oublia que cette créature existait. Elle choisit, pour aller voir l'enfant en nourrice, les jours où elle était sûre de ne rencontrer personne, l'admira, le choya, l'adopta dans son cœur, en fit son idole, ce dernier amour des grand'mères, qui leur est un prétexte de vivre encore quelques années pour voir grandir et pousser les tout petits.

Puis, lorsque bébé vicomte fut un peu plus grand, qu'il revint habiter entre son père et sa mère, la comtesse ne pouvant renoncer à ses chères visites, il y eut une convention faite : au coup de sonnette de la grand'mère, Irma disparaissait humblement, silencieusement ; ou bien amenait l'enfant chez son aïeule, et gâté par ses deux mères, il les aimait autant l'une que l'autre, un peu étonné de sentir dans la force de leurs caresses comme une volonté d'exclusion, d'accaparement. D'Athis, insouciant, tout à ses vers, à sa renommée grandissante, se contentait d'adorer son petit Robert, d'en parler à tout le monde et de s'imaginer que l'enfant était à lui, à lui seul. Cette illusion ne dura pas.

« Je voudrais te voir marié... lui dit un jour sa mère.

— Oui... mais l'enfant?

— Sois sans inquiétude. Je t'ai découvert une jeune fille noble, pauvre et qui t'adore. Je lui ai fait connaître Robert, et ce sont déjà de vieux amis. D'ailleurs, la première année, je garderai le cher petit avec moi. Après, on verra.

— Et cette... cette fille? hasarda le poète en rougissant un peu, car c'était la première fois qu'il parlait d'Irma devant sa mère.

— Bah! répondit la vieille douairière en riant, nous lui ferons une jolie dot, et je suis bien sûre qu'elle trouvera à se marier, elle aussi. Le bourgeois de Paris n'est pas superstitieux. »

Le soir même, d'Athis, qui n'avait jamais été fou de sa maîtresse, lui parla de ces arrangements et la trouva, comme toujours, soumise et prête à tout. Mais le lendemain, quand il rentra chez lui, la mère et l'enfant étaient partis. On finit par les découvrir chez le père d'Irma, dans un affreux petit chaume, à la lisière de la forêt de Rambouillet; et quand le poète arriva, son fils, son petit prince, tout en velours et en dentelles, sautant sur les genoux du vieux braconnier, jouait avec sa pipe, courait après les poules, heureux de secouer ses boucles blondes au grand air. D'Athis, quoique très ému, voulut prendre la chose en riant et ramener tout de suite ses deux fugitifs avec lui. Mais Irma ne l'entendit pas ainsi. On la chassait de la maison ; elle emmenait son enfant. Quoi de plus naturel?... Il ne fallut rien moins que la promesse du poète qu'il renonçait à se marier pour la décider à revenir. Encore, fit-elle ses conditions. On avait trop longtemps oublié qu'elle était la mère de Robert. Se cacher toujours, disparaître quand Mme d'Athis arrivait, cette vie-là n'était plus possible. L'enfant devenait trop grand pour qu'elle s'exposât à ces humiliations devant lui. Il fut convenu que, puisque Mme d'Athis ne voulait pas se rencontrer avec la maîtresse de son fils, elle ne viendrait plus chez lui et qu'on lui amènerait le petit tous les jours.

Alors commença pour la vieille grand'mère un supplice véritable. Chaque jour il y avait des prétextes d'empêchement. L'enfant avait toussé; il faisait froid, il pleuvait. Puis c'était la promenade, l'équitation, la gymnastique. Elle ne voyait plus son petit-fils, la pauvre vieille. D'abord elle voulut s'en plaindre à d'Athis; mais les femmes seules ont le secret de ces petites guerres. Leurs ruses restent invisibles, comme les points cachés qui tiennent les volants et les dentelles de leur toilette. Le poète était incapable d'y rien voir; et la triste grand'mère passait sa vie à attendre la visite de son chéri, à le guetter dans la rue quand il sortait avec un domestique, et par ses baisers furtifs, ses regards à la hâte, elle augmentait sa passion maternelle sans jamais arriver à la contenter.

Pendant ce temps-là, Irma Sallé — toujours à l'aide de l'enfant — faisait son chemin dans le cœur du père. Maintenant elle était à la tête de la maison, recevait, donnait des fêtes, s'installait comme une femme qui restera. Toutefois, elle avait soin de dire de temps en temps au petit vicomte, devant son père : « Te rappelles-tu les poules de grand-papa Sallé? Veux-tu que nous retournions les voir? » Et par cette éternelle menace de départ, elle préparait l'installation définitive du mariage.

Il lui fallut cinq ans pour devenir comtesse; mais enfin elle le fut... Un jour le poète vint en tremblant annoncer à sa mère qu'il était décidé à épouser sa maîtresse, et la vieille dame, au lieu de s'indigner, accueillit cette calamité comme une délivrance, ne voyant qu'une chose dans ce mariage, la possibilité de retourner chez son fils et d'aimer librement son petit Robert. Le fait est que la vraie lune de miel fut pour la grand'mère. D'Athis, après son coup de tête, voulut s'éloigner quelque temps de Paris. Il s'y sentait gêné. Et comme l'enfant pendu aux jupes de sa mère menait toute la maison, on alla s'établir dans le pays d'Irma, à côté des poules du père Sallé. C'était bien l'intérieur le plus curieux, le plus disparate qu'on pût imaginer. La bonne maman d'Athis et le grand-papa Sallé se rencontraient tous les soirs au coucher de leur petit-fils. Le vieux braconnier, son bout de pipe noire rivé au coin de la bouche, l'ancienne lectrice au Château, avec ses cheveux poudrés, son grand air, regardaient ensemble le bel enfant qui se roulait devant eux sur le tapis, et l'admiraient autant tous deux. L'une lui apportait de Paris tous les nouveaux jouets, les plus brillants, les plus chers ; l'autre lui fabriquait des sifflets magnifiques avec des bouts de sureau ; et dame ! le dauphin hésitait.

En somme parmi tous ces êtres groupés comme de force autour d'un berceau, le seul vraiment malheureux était Charles d'Athis. Son inspiration élégante et patricienne souffrait de cette vie au fond des bois, comme ces Parisiennes délicates pour qui la campagne a trop de grand air et de sève. Il ne travaillait plus, et loin de ce terrible Paris, qui se referme si vite sur les absents, il se sentait déjà presque oublié. Heureusement l'enfant était là, et quand l'enfant souriait, le père ne pensait plus à ses succès de poète ni au passé d'Irma Sallé.

Et maintenant, voulez-vous savoir le dénouement de ce singulier drame ? Lisez le petit billet encadré de noir que j'ai reçu il y a quelques jours, et qui est comme le dernier feuillet de cette aventure parisienne :

M. le comte et Mme la comtesse d'Athis ont la douleur de vous faire part de la mort de leur fils Robert.

Les malheureux ! les voyez-vous là-bas, tous les quatre, se regardant devant ce berceau vide !...

XII

LES CONFIDENCES D'UN HABIT A PALMES VERTES

Ce matin-là était le matin d'un beau jour pour le sculpteur Guillardin.

Nommé de la veille membre de l'Institut, il allait inaugurer devant les cinq académies réunies en assemblée solennelle son habit d'académicien, un magnifique habit à palmes vertes, tout luisant du drap neuf et de la broderie soyeuse couleur d'espérance. Le bienheureux habit, ouvert, prêt à passer, était étalé sur un fauteuil, et Guillardin le regardait avec amour, en achevant de nouer sa cravate blanche.

« Surtout ne nous pressons pas... J'ai tout le temps... » pensait le bonhomme.

Le fait est que dans sa fièvre d'impatience il s'était habillé deux heures trop tôt; et la belle Mme Guillardin — toujours très longue à sa toilette — lui avait déclaré que ce jour-là spécialement elle ne serait prête qu'à l'heure juste : pas une minute avant, vous m'entendez bien !

Infortuné Guillardin ! que faire pour tuer le temps jusque-là.

« Essayons toujours notre habit », se dit-il, et doucement? comme s'il maniait du tulle, des dentelles, il souleva la précieuse défroque, et, l'ayant endossée avec des précautions infinies, il vint se mettre devant sa glace. Oh ! la gracieuse image que la glace lui renvoya ! Quel aimable petit académicien tout frais pondu, gras, heureux, souriant, grisonnant, bedonnant, avec des bras trop courts qui avaient dans les manches neuves une dignité roide et automatique ! Evidemment satisfait de sa tournure, Guillardin marchait de long en large, saluait comme pour entrer en séance, souriait à ses collègues des beaux-arts, prenait des poses académiques. Mais, si fier de sa personne qu'on soit, on ne peut pas rester deux heures en tenue, debout devant une glace. A la longue notre académicien se fatigua, et craignant de chiffonner son habit, prit le parti de le retirer et de le remettre à sa place, bien soigneusement posé sur un fauteuil. Lui-même s'assit en face, à l'autre coin de la cheminée; puis, les jambes allongées, les deux mains croisées sur son gilet de cérémonie, il se mit à songer délicieusement en regardant son habit vert.

Comme le voyageur arrivé enfin au terme de sa route aime à se souvenir des périls, des difficultés du voyage, Guillardin reprenait sa vie année par année depuis le jour où il avait commencé la sculpture à l'atelier Jouffroy. Ah! les débuts sont rudes dans ce sacré métier. Il se rappelait les hivers sans feu, les nuits sans sommeil, les courses pour chercher de l'ouvrage, et ces rages sourdes qu'on éprouve à se sentir tout petit, perdu, inconnu, dans l'immense foule qui vous pousse, vous bouscule, vous renverse, vous écrase. Dire pourtant qu'à lui seul, sans protecteurs, sans fortune, il avait su se tirer de là. Rien que par le talent, monsieur! Et la tête renversée, les yeux à demi-clos, plongé dans une contemplation béate, le digne homme se répétait tout haut à lui-même: « Rien que par mon talent. Rien que par mon tal... »

Un long éclat de rire, sec et cassé comme un rire de vieux, l'interrompit subitement. Guillardin un peu saisi regarda autour de lui dans la chambre. Il était seul, bien seul, en tête à tête avec son habit vert, cette ombre d'académicien solennellement étalée en face de lui, de l'autre côté du feu. Et cependant le rire insolent continuait toujours. Alors, en regardant mieux, le sculpteur crut s'apercevoir que son habit n'était plus à la place où il l'avait mis, mais véritablement assis dans le fauteuil, les basques relevées, les deux manches accoudées sur les bras du meuble, le plastron gonflé avec une apparence de vie. Chose incroyable! c'était lui qui riait. Oui, c'était de ce singulier habit vert que venaient ces rires fous qui l'agitaient, le secouaient, le tordaient, le renversaient, faisaient frétiller ses basques, et par moments ramenaient ses deux manches vers les côtés, comme pour arrêter cet excès de gaieté surnaturelle et inextinguible. En même temps on entendait une petite voix futée et malicieuse qui disait, entre deux hoquets: « Mon Dieu! mon Dieu, que ça fait mal de rire!... Que ça fait mal de rire comme ça!

— Qui diable est donc là, à la fin des fins? » demanda le pauvre académicien en ouvrant de gros yeux.

La voix reprit, encore plus futée et malicieuse : « Mais c'est moi, monsieur Guillardin, c'est moi, votre habit à palmes, qui vous attends pour aller à la séance. Je vous demande pardon d'avoir interrompu si intempestivement vos songeries ; mais vraiment c'était si drôle de vous entendre parler de votre talent ! Je n'ai pas pu me retenir... Voyons, est-ce que c'est sérieux ? Pensez-vous en conscience que votre talent a suffi pour vous mener aussi vite, aussi loin, aussi haut dans la vie, vous donner tout ce que vous avez : honneurs, position, renommée, fortune?... Croyez-vous cela possible, Guillardin?... Descendez en vous-même, mon ami, avant de répondre. Descendez encore, encore, là ! Maintenant, répondez-moi. Vous voyez bien que vous n'osez pas.

— Pourtant, bégaya Guillardin avec une hésitation comique, j'ai... j'ai beaucoup travaillé.

— Oui, beaucoup, énormément. Vous êtes un piocheur, un manœuvre, un grand abatteur de besogne. Vous comptez vos journées à l'heure, comme un cocher de fiacre. Mais le rayon, mon cher ; l'abeille d'or qui traverse le cerveau du véritable artiste en y mettant l'éclair et le bourdonnement de ses ailes, quand vous a-t-elle rendu visite ? Pas une fois, vous le savez bien. Elle vous a toujours fait peur, la divine petite abeille. Et cependant, c'est elle qui donne le vrai talent. Ah ! j'en connais qui travaillent aussi, mais autrement que vous, avec tout le trouble, toute la fièvre des chercheurs, et qui n'arriveront jamais où vous êtes... Tenez ! convenons d'une chose, pendant que nous sommes seuls. Votre talent, à vous, ç'a été d'épouser une jolie femme.

— Monsieur !... » fit Guillardin, en devenant tout rouge.

La voix reprit sans s'émouvoir :

« À la bonne heure ! Voilà une indignation qui me fait plaisir. Elle me prouve ce que tout le monde sait, du reste : vous êtes certainement plus bête que coquin... Là, là, vous n'avez pas besoin de me faire ces yeux furibonds. D'abord, si vous me touchez, si j'ai seulement un faux pli ou un accroc, impossible d'aller à la séance ; et Mme Guillardin ne serait pas contente. Car enfin c'est à elle que revient toute la gloire de cette belle journée. C'est elle que les cinq académies vont recevoir tout à l'heure, et je vous réponds que si j'arrivais à l'Institut passé sur sa jolie taille, toujours élégante et droite malgré l'âge, j'aurais un autre succès qu'avec vous... Que diable! Monsieur Guillardin, il faut se rendre compte des choses! Vous lui devez tout à cette femme-là; tout, votre hôtel, vos quarante mille francs de rente, vos croix, vos lauriers, vos médailles... »

Et d'un geste de manchot, l'habit vert avec sa manche brodée montrait au malheureux sculpteur les cadres glorieux accrochés au mur de son alcôve. Puis, comme s'il eût voulu, pour mieux torturer sa victime, prendre tous les aspects, toutes les attitudes, cet habit cruel se rapprocha de la cheminée, et se penchant en avant sur son fauteuil d'un petit air vieillot et confidentiel, il parla familièrement sur le ton d'une camaraderie déjà ancienne :

« Voyons, mon vieux, ça paraît te faire de la peine, ce que je te dis là. Il faut pourtant bien que tu saches ce que tout le monde sait. Et qui te l'apprendra, si ce n'est pas ton habit? Tiens! raisonnons un peu. Qu'est-ce que tu avais en te mariant? Rien. Qu'est-ce que ta femme t'a apporté? Zéro. Alors comment t'expliques-tu ta fortune actuelle? Tu vas me dire encore que tu as beaucoup travaillé. Mais, malheureux, en travaillant jour et nuit avec les faveurs, les commandes du gouvernement, qui ne t'ont certes pas manqué depuis ton mariage, tu n'as jamais gagné plus de quinze mille francs par an. Crois-tu que cela suffisait dans une maison comme la vôtre? Songe que la belle Mme Guillardin a toujours été citée comme une élégante, lancée dans tous les mondes où l'on dépense... Parbleu! je sais bien que claquemuré du matin au soir dans ton atelier, tu n'as jamais réfléchi à ces choses-là. Tu te contentais de dire à tes amis: « J'ai une femme étonnante pour s'entendre aux affaires. Avec ce que je gagne et le train que nous menons, elle s'arrange encore pour nous faire des économies. »

C'est toi qui étais étonnant, pauvre homme... La vérité, c'est que tu avais épousé un de ces jolis monstres comme il s'en trouve dans Paris, une femme ambitieuse et galante, sérieuse pour ton compte et légère pour le sien, sachant mener du même train vos affaires et son plaisir. La vie de ces femmes-là, mon cher, ressemble à un carnet de bal où l'on alignerait des chiffres à côté des noms des danseurs. La tienne s'est fait ce raisonnement: « Mon mari n'a pas de talent, pas de fortune, pas grande tournure non plus; mais c'est un excellent homme, complaisant, crédule, aussi peu gênant que possible. Qu'il me laisse m'amuser tranquille, je me charge, moi, de lui donner tout ce qui lui manque. » Et à partir de ce jour-là l'argent, les commandes, les croix de tous les pays ont commencé à pleuvoir dans ton atelier avec leur joli son métallique, leurs cordons de toutes les couleurs. Regarde ma brochette... Puis, un matin, la fantaisie est venue à madame — fantaisie de beauté mûre — d'être la femmme d'un académicien, et c'est sa main finement gantée qui t'a ouvert une à une toutes les portes du sanctuaire... Dame! mon vieux, ce qu'il t'en a coûté pour porter les palmes vertes, tes collègues seuls pourraient te le dire.

— Tu mens, tu mens! cria Guillardin, étranglé par l'indignation.

— Eh! non, mon vieux, je ne mens pas... Tu n'as qu'à regarder autour de toi tout à l'heure en entrant en séance. Tu verras de la malice au fond de tous les yeux, des sourires au coin de toutes les lèvres, pendant qu'on chuchotera sur ton passage : « Voilà le mari de la belle Mme Guillardin. » Car tu ne seras jamais que cela dans la vie, mon cher, le mari d'une jolie femme... »

Pour le coup, Guillardin n'y tient plus. Blême de rage, il s'élance, va saisir pour le jeter au feu, après lui avoir arraché sa jolie guirlande verte, cet habit insolent et radoteur; mais voilà qu'une porte s'ouvre et qu'une voix bien connue, nuancée de dédain et de douce condescendance, vient l'éveiller à propos de son horrible rêve :

« Ah! c'est bien vous, par exemple!... s'endormir au coin du feu un jour pareil!... »

Mme Guillardin est devant lui, grande, belle encore, quoique un peu trop imposante avec son teint rose presque naturel sous ses cheveux poudrés, et l'éclair exagéré de ses yeux peints. D'un geste de maîtresse femme, elle prend l'habit à palmes vertes, et lestement, avec un petit sourire, elle aide son mari à l'endosser, pendant que le pauvre homme, encore tout trempé de la sueur de son cauchemar, respire d'un air soulagé et pense en lui-même : « Quel bonheur!... C'était un rêve... »

TABLE DES MATIÈRES

Pages

PARIS. — IMPRIMERIE MICHELS FILS, 6, 8 ET 10, RUE D'ALEXANDRIE.

www.ingramcontent.com/pod-product-compliance
Ingram Content Group UK Ltd.
Pitfield, Milton Keynes, MK11 3LW, UK
UKHW020408250726
13967UKWH00006B/2532